AF429818

RATÓN PÁJARO
(Jack Tenebrous)

JUAN TRIGOS S

HORROR
HEMOFICCIÓN

RATÓN PÁJARO
(Jack Tenebrous)

JUAN TRIGOS S

HORROR
HEMOFICCIÓN

Nota de Jack

Cantina Virrey Velasco, ubicada en callejón oscuro del centro de la ciudad, hora inexacta, reloj de muerte, minutos dura la flor encima de la barra llena de borrachos antes de marchitarse, ojos vidriosos, caen sus pétalos adoloridos en escupidera, miro mi vaso rebosante de color ámbar encima de la mesa, doy un trago y empiezo, cuento por el principio confuso el atentado que vendría a tocar en mi coco la marcha Zacatecas, lo escupo de mi boca diciendo con el lápiz oficioso:

Estaba sentado, nalgas pegadas a la madera en forma de silla cuya comodidad ha danzado polka mortífera, disfrutando un cuarto de cerveza clara cuando, repentinamente, del caos mismo de la creación, surgieron piquetes de meada urgente, me dirigí al baño forrado de mosaicos de Talavera y oh sorpresa, a un lado del basurero, rincón izquierdo, vi un ratón que lloraba delante de una jaula con pajaritos y escuché borboteos de orinada dentro de un gabinete abierto, donde una servidora sonreía, sentada en la taza. Lágrimas sinceras se secó el roedor con un pañuelito color de rosa. La mesera –bajándose la falda para tapar la papaya que había soltado jugo de piña en el excusado- explicó el caso diciendo que el ratón estaba enamorado de la dama emplumada de color amarillo y que ella lo despreciaba tirándole gases al hocico.

Mientras yo soltaba residuos de cerveza, la mesera continuó:

-A ella, muy delicadita, le repugna el mal aliento que abanica el ratoncillo Romeo, por más que lava sus dientes los perfumes de su hocico sueltan corrupción. Lo demás del cuerpo del ratón, sobre todo su verguita, no le disgustan al ave canora, podría abrirle su vagina si el roedor consiguiera apaciguar los torrentes de su panza en terca fetidez.

Nota de Jack

Después de acompañar en su pena al Romeo chillón y de ofrecerle caramelos de miel que lamió con avidez, regresé a casa y estuve meditando sobre la reencarnación: La flor marchita resbala y se hunde entre gargajos de briagos desconocidos, encuentra su ser en la viscosidad de la escupidera y brota de nuevo convertida en cucaracha mandinga. ¿Qué tal que yo volvía convertido en perro, gato o pájaro nalgón? ¿Qué tal que como el sultán Shariar cortaba la cabeza ya cercenada de mi esposa Genoveva? -¿Y qué hiciste con ella? ¿Enterraste mi cuerpo sucio y magullado por un lado y la cabeza desdentada por otro? Por favor, sácame de dudas, sé serio alguna vez y despotrica. Algunas ratas amigas quieren enterarse del suceso negro que me abrió las puertas del más allá. Viví en confianza plena de ti y ve cómo me pagaste. Tronchaste mi maceta en la que crecían puros geranios de cariño por tu persona malvada. La tía Concha, tu madre, también fue engañada y existió queriendo al asesino de su hijo preferido. Por lo menos dime si estoy enterrada en algún cementerio solitario.

-Tu tumba se levanta junto a la de don Antonio de Mendoza, primer virrey de Nueva España, fíjate tú qué honor. Cuando llegaste acostada en tu féretro el mandatario se quitó el sombrero, pero no para saludarte sino para espantar algunas moscas carnívoras.

-Me habías dicho que descansaba al lado del obispo Teófilo de Alejandría, perseguidor acérrimo de los origenistas.

-De un lado el virrey y del otro el obispo. Gobierno e iglesia topeteando cual carneros fúricos ante tu presencia de cuerpo incompleto.

-¿Has llevado flores al jardín donde descanso?

-Un ramo grande de rosas que el sol ha escupido. En lucha dispareja ganaron los rayos secadores y mis intenciones puras se convirtieron en polvo.

-Rosas ensalivadas. El tiempo ha escarbado en el hoyo mío y de él han nacido nuevos seres juguetones. Deseo regresar al silencio del ropero, me ha pegado golpe la tristeza, de pronto entiendo que soy nada, ni siquiera carne ya, pasó mi tiempo y quedé embarrada en tu memoria.

Nota de Jack

La princesa Sherezade no existía guardada en mi ropero, así que la salvación de mi futura señora estaba en peligro. El hacha se suelta en manos del sultán que anda queriendo encarnar en mí. Decido no ser rey ni virrey, tampoco sultán sino otro bicho cualquiera en busca de novia. Eso protegerá el cuello de la que será mi esposa.

-¿Piensas casarte otra vez, cometiendo adulterio? Bastante hice con aguantar tus infidelidades con prostitutas y meseras, deberías guardar luto en viudez persistente, eso merezco yo, señor marqués, el amor perdurable es muy reconocido en la tierra de nadie.

-Te he sacado del ropero, señora marquesa, para llevarte al altar como santa de adoración exclusiva. Dije que iba en busca de novia y eres tú la elegida por tu príncipe acalorado.

-¿Ya pediste mi mano al sultán mi padre? ¿Habrá festejo en el castillo? Sería bueno que alquilaras Palacio Nacional para darle esplendor a la boda.

Nota de Jack

Me vi al espejo y me saqué la lengua, estaba aburrido de mi rostro duro, cara de marioneta y alma de lo mismo. ¿Qué hacer? Barriendo, barriendo la viejecita del cuento encontró una moneda y se dijo: Si compro pan se me acaba, si compro queso se me acaba. Queso es palabra honda en el más puro sentido filosófico de Buda, comería queso, o sea, a partir de ese momento buscaría el modo de desaparecer en hoyo ratonil, disfrazado de mequetrefe con rabito.

-El roedor de tu inspiración fue un bicho bueno, celebraba el día de reyes con sus hermanos monjes. Bebía cerveza y se entonaba con tequila. Tenía tus mismos rasgos, nariz y boca idénticas y dispuestas a olisquear y lamer a cuanta muchacha dulce aparecía delante.

-Eso no es verdad, el joven roedor nació para amar a una sola dama como Romeo. La virginidad de Teófilo pende de mis calzones esperando abrir tu coño murcielaguiento.

-Si se trata del primer amor, te digo, que treparé encuerada al balcón de Julieta y desde arriba te empujaré al abismo.

Nota de Jack

Necesito una familia que ame mis huesos, mamá y papá lo suficientemente inflexibles como para adorarlos dentro del catecismo de Buda o del obispo Teófilo, macho recio y manipulador, viene predicando la misma cantaleta desde el medioevo.

-Jack, ¿ese obispo es experto en venenos como el cura que casó a Romeo y Julieta?

Resolví ir de paseo por colonia llena de casas bonitas con familias educadas y animales en sus jardines y dentro de los hogares fervorosos y marranos.

-¿Llamaste a la puerta fingiendo ser vendedor o te colaste por una ventana? Que yo sepa, Julieta no vive aquí sino en jaula lejana.

Escogí al azar el número treinta y cinco. Mis ojos se clavaron en ese número que anunciaba un cambio fatal, mutación de los habitantes metidos de pronto y por mi mano en cuento de Sherezade.

-Un minino puede aparecer de pronto y besar al novio.

El gato no es amigo de ratones, salvo en patrañas de Hadas, así que habría que sacar del panorama a esa clase de bichos maullantes y saltarines que suelen practicar religión alcohólica.

-Quedarse sólo con ratones y canarios, señora marquesa, es consigna con futuro nada halagüeño para los próximos protagonistas de este relato sentimental.

-Conoceré a tus padres y ellos me rechazarán como inhumanas personas cuyo perfil cambiará, en la jeta les crecerá el hocico a mis futuros suegros. ¿Cómo harás para lograr que ellos se conviertan en comedores de queso?

Nota de Jack

Cargaba en un morral disfraces recién comprados en la juguetería y martillito fuerte para dar en la frente. La dependienta de la tienda me había dicho:

-Señor Jack, ¿piensa usted hacer una posada alegre o armará una noche navideña de enorme originalidad? Mis hijos tienden a jugar con ratoncillos desamparados que salvan de las garras del gato negro y feroz que acaricia la princesa de las mil y una noches.

-En casa no hay nadie, mi esposa me abandonó, soy un pobre roedor en soledad, ¿le gustaría acompañarme en esta aventura quebrando mi añoranza de presencia femenina?

-Mi esposo me ha pedido que mueva la cola el día de fiesta venidero, él es un hombre serio y cumplido, le han crecido bigotes largos de chino y su pito a cada momento está más duro y puesto para el amor. Siento en el alma su melancolía, pero nada puedo hacer para consolarlo.

-Mi felicidad queda en la suya, señora, me iré de fraile a un convento y ahí rezaré por vosotros hincado y también erecto, pensando en sus calzones meados. El obispo Teófilo, un muy antiguo amigo mío, me recibirá en el monasterio con la condición de que modifique algunas creencias.

-Puedo regalar mis pantaletas a vuestra excelencia, esa prenda acompaña y provoca con su olor a mar y a caca.

-Acepto el obsequio y lo huelo de inmediato. Me retiro cantando madrigal de Carlo Gesualdo.

Nota de Jack

Pero claro, anteriormente, hablé con Genoveva y ella respondió con cantos gregorianos, saliendo del ropero. Plática larga cargada de emoción y de recuerdos salpicados de sangre. Señora marquesa, es hora de cambiar papeles, vos seréis la mala del cuento y yo la víctima, ¿os place? Descalzaré mis patas y dejaré que mis greñas se desborden, en pocos días mi figura sufrirá alteraciones maravillosas. La princesa Sherezade ha abierto el hocico y de su lengua ha brotado ropita de roedor.

-Si cumplieras tus promesas estaría encantada de poder reventarte un huevo y luego ponerlo a freír en la sartén con pimienta y sal para comerlo con tortillas y salsa, pero sé bien que eres escurridizo y ladino como zorro cachetón. El sultán mi padre fue advertido de tus mañas asquerosas por el visir, pero en vez de prevenir el crimen que el servidor adivinó en tu jeta, papá se puso contento y echó el castillo por la ventana, sonaron campanas reales y el pueblo todo asistió a nuestros esponsales rabiando de contento.

-Haremos el amor dentro de jaula y ahí podrás convencerte de que es posible usar cuchillo en mi contra, qué digo, también descargar santo martillazo sobre mi cráneo bien peinado. Será un gran logro el verme despeinado.

-Me da miedo golpear tu cabeza de muñeco, tú estás hecho de madera como Pinocho, no sentirías el martillazo, tampoco el puñal te cortaría la cuerda.

-Pinocho se hizo niño por la gracia

de la diosa Hemoficción, ve y ruégale a ella que te conceda el don de machacarme.

-Pinocho y el gato con botas se han metido al ropero, han entendido que no fueron protagonistas en tu infamia. Tu indiferencia los hace berrear de lo lindo.

-Ni siquiera como público ausente participaron, salvo por un eructo lanzado a dúo, tan apestoso que otras figurillas vivas se quejaron en las repisas. El olor quedó grabado en mi inconsciente y me lo llevé de paseo hasta el hogar seleccionado en la colonia Cuauhtémoc.

-Yo estaba feliz sin movimiento, Jack, sin ideas, Jack, sin rencores, pero apenas me sacas de mi sitio empiezan los temores y los odios a cosquillear en mi vagina.

Nota de Genoveva

A la iglesia se va a rezar y no a hacer peticiones, pues yo perdí el tiempo suplicando a la diosa Hemoficción que me concediera el milagro de ahorcar a mi esposo Jack. Dame fuerza en los dedos para estrangularlo, señora de mis ojos, es hora de vengar lo que hizo conmigo, es hora de que pague tanto mal que ha causado en el mundo. Dame un poco de carne y dientes para morderlo.

-Ahorcar, lo que se dice ahorcar, no voy a permitirlo, muchacha pedorra, pero hay otros modos tan efectivos como ese para ahogar al marido, ¿por qué no te conviertes en viuda negra y lo envenenas? A lo mejor logras que se enamore de ti como Romeo, ya ves que los machos son fáciles de manejar en estado de amor profundo, bajo la influencia de la baba que chorrea.

-De algún modo conseguiré arsénico y se lo daré a beber o a comer con bolillo y leche.

-El sultán tu padre soltará torrentes de lágrimas por Jack, predilecto suyo, lo quiere más que a ti, su hija, porque piensa que la cordura se cuece en el sartén de su yerno mientras que en ti hace hongos en la olla olvidada en el refrigerador de tus pensamientos trastornados.

Nota de Jack

Sorprendí a la familia aplanando sus fervorosas ilusiones a base de cariñosos martillazos. Los cráneos enseguida fueron cubiertos con semejanzas de ratón, lo mismo que sus cuerpos blancos y repugnantes. A continuación senté a los que serían mis padres en la sala. Puse un plato de queso sobre la mesa y los invité a devorarlo, pero me hicieron el feo, pretextando que habían merendado ya chiles rellenos de picadillo.

-Perdono a vuestras bellezas sus modos léperos y los invito a quererme como hijo. Seré un nene modelo, iré a misa de seis todos los días, me limaré las uñas y mis mordidas no irán más allá de mi ser.

-Hijo sí quiero con el corazón, le he rezado mucho a la diosa Hemoficción para que me lo conceda, si eres tú el elegido serás bienvenido en casa de roedores agradecidos.

Nota de Jack

Me puedo disfrazar de hembra para pasar a cuchillo al señor que recoge la basura y, además, ponerme piel con plumas para simular vuelos agradecidos de mis víctimas.

Puedo, así mismo, pretender haber nacido en nido de golondrinas. La señora marquesa estará de acuerdo, si la saco otra vez a ventilar su odio, en que yo poseo personalidad versátil gracias a dios. De codorniz paso a ser payaso y metido en ese cuero permanezco el rato que deseo, asustando a transeúntes distraídos.

-Jack, te ha crecido cola, me parece que trabajas en mi oficina donde me corrieron hace ya muchísimos años y que la escondes bajo tu falda, rabo peludo y digno del demonio. Nadie entiende en qué estás pensando ahora, pero te reto a confesar, escupe lo que traes metido en el culo, señor marqués de agua salada, pez con plumas, bárbaro asustón de pacotilla.

-El rabo me salió ayer o antier, hace unos días que lo arrastro. También al obispo Teófilo le creció uno idéntico al mío y se la pasa sobándolo como si fuese un pito largo y erecto.

-Ese señor antiguo siempre estaba de mal humor, como si hubiera comido naranjas agrias. A lo mejor su mamá le pegaba de más, lo castigaba en el rincón.

-Sus voces de alerta contra la herejía han quedado zumbando en las paredes de su madriguera.

-Jack, ¿podrías explicarme que significa herejía? Hasta donde entiendo ni siquiera San Agustín quedó contento con su catálogo.

-Ochenta herejías aparecen en ese libro mágico que el señor de las confesiones desplumó al desgaire.

-Dime una, por favor, para saber de qué estamos parlando.

-Teófilo pensaba que dios es semejante al hombre y Orígenes no, ese otro santo católico metió la idea del dios etéreo.

-Concuerdo con él, yo pienso que el divino no tiene forma.

-Y yo al contrario, pienso que el Señor de la magia tiene todas las formas de su creación. Es zapatero, pez, pulpo, lombriz, aguador y hasta asesino.

Nota de Jack

En fin, como siempre, después del atentado, voy a la cantina y pido trago y a continuación tomo asiento para dedicarme a ventilar asuntos secretos. Por ejemplo que pego mi cabello con goma y que visto levita y peluca algunas noches de luna llena en que el hombre lobo anda aullando en las calles. Por ejemplo, que visité las siete casas y en la séptima quise pasar un rato largo jugando a la familita. Los dueños escogidos se negaron al principio, pero al final, sangrando, bajaron la cabeza y convinieron conmigo en representar sus papeles de padres. Nadie conoce al muñeco que arma jaleo, me refiero a mí. La policía busca en vano o no lo hace por apatía. Cuando salgo de casa visto traje oscuro y corbata roja, parezco persona elegante, pero la cosa es al revés, el disfraz de persona elegante no me define o sólo lo hace en parte, del lado del hombre cumplido que se presenta en el trabajo a la hora exacta y que siempre está dispuesto a servir. La burocracia es mecánica, los empleados se saludan y accionan como robots. A ninguno le interesa ahondar en la vida del otro.

Saco papel y pluma y me dispongo a garrapatear otro episodio de mi biografía íntima, donde el personaje trae pintadas chapitas rojas y se pone máscaras diversas. La mesera me ha sonreído con coquetería, de buena gana le metería el dedo bajo la falda negra, agujerando pantaletas. Tomo la pluma y empiezo diciendo que la señora marquesa asomó la nariz y estuvo olisqueando.

-Jack, ¿qué crimen andas tramando o ya cometiste?, por lo visto no quedaste satisfecho con los fenecidos en el manicomio cabezón. Cabezas rodaron a montón y en queja sin lograr una migaja de compasión. Se suponía que ibas a quedarte adentro de tu manicomio improvisado, pero veo que no, en tu cerebro anidan puras mentiras. Finalmente, ¿cuántos fueron? ¿Quince? Si hablas de mujeres o de pájaros es que estás metido hasta el tope de la sopa en homicidio contra alguien que no ha dado la cara, tal vez ingenuo adorador de Platón y sus quimeras.

-Hoy camino en cuatro patas, rata de mi corazón, voy al cine y me topo con otros roedores que admiran a Romeo y Julieta. En la tienda del cine se vende queso amarillo barato y refrescos de sabores. El amor provoca suspiros hondos.

-Yo suspiré por ti, Jack, cuando estuvimos recién casados te adoré de veras, miraba tus ojillos grises y volaba. Hasta donde entiendo tú también me quisiste, creo que sí, poco tiempo, luego pasé a ser insoportable. Empezaste a decirme hocicona y la magia de tus palabras hizo que me saliera rabo. Terminé encerrada celando tus incursiones en antros de rameras perfumadas.

-Gruñías, los animales no se casan con personas y viceversa. Me equivoqué contigo y le fallé a tus padres, creí de veras que eras la loca de la casa y que todo el tiempo estarías mirando el techo o los rincones, pero no, te dio por trabajar y por hablar y por disfrazarte de señora con piernas y también por rasurarte tu piel llena de pelos. Me habría encantado que tocaras la guitarra y que te conformaras con lombrices, pero tus plumas te hacían creerte princesa por arriba de los alambres de la luz.

-Antes de caer en tus garras yo tenía la piel lisita, Jack, el agua de la regadera se resbalaba por mi cuerpo de mujer, chichis en su lugar, nalgas y piernas y ombligo. Chupaste mis pechos como niño de teta, no lo niegues, chupaste mi sexo infinidad de ocasiones sin dirigirle la palabra a mi vagina ardiente.

-Al perro de casa llamado Jack le hablaba porque el animal entendía mi lenguaje, tú no. Él usaba sombrero de copa, asistía a fiestas e iba a misa todos los domingos sin falta. El obispo Teófilo me felicitó por la estupenda educación que había dado al perrito.

-Esas son calumnias, Jack, el obispo Teófilo murió hace muchos siglos, tantos que nadie lo recuerda, su guerra doctrinal ha sido tirada al basurero.

-Eso de que nadie lo recuerda es falso, señora marquesa, yo lo he invitado a pastar con renacuajos en la madriguera del mismo obispo dientón, porque debes saber que le crecieron los colmillos y que vive en la colonia Cuauhtémoc en hogar donde no se trabaja. Los vecinos dicen que son creyentes atascados de verborrea bíblica.

-¿Desenterraste un vampiro? Si vieras que esos bichos dan menos terror que tus cejas, menos que tus labios arrugados en odio. Teófilo creyó en los santos reyes. Melchor, Gaspar y Baltasar se dieron codazos alegres con ese obispo altanero. Luego de visitar el pesebre del niño santo, pasados unos cuatrocientos años, volvieron a pisar el oriente y se hicieron amigos del antropomorfita.

-Los niños mexicanos creemos en ellos, vienen en enero y dejan regalitos a los que se han portado mal. Desde Persia viajaron para saludar al recién nacido Jesús de Nazaret y también cayeron en México y concedieron dones al ratoncillo Teófilo. Viajaron montados en camellos y visitaron a Herodes con el fin de amargar sus días de gobierno. La estrella que los guió no paraba de reír a carcajadas. Teófilo muerto es un rey perfecto, no rezonga, no ordena, no roba.

-Tres fueron los magos de oriente que visitaron mis aposentos, Jack, y te acusaron de homicidio. Ellos saben que te agrada ponerte colorete de marioneta y andar con el cabello atorado, ni un huracán puede despeinarte.

Nota de Jack

El obispo Teófilo, a quien he traído para que tome descanso eterno, creyó a medias en Orígenes y a medias en los antropomorfitas. Lo jalé del greñero para convencerlo de que dios efectivamente tiene forma pero variada, muchas. En algunos casos se parece al hombre y otras veces al cóndor o al perro. Claro que la iglesia no acepta la reencarnación, cuando el Señor es puras vueltas de carne en revolución. Con la venida del ratón Teófilo estoy demostrando que la metempsicosis es un hecho consumado.

-Tú no has reencarnado, Jack, yo tampoco, en vida fui mujer y también roedor, pero no en existencias anteriores. He tenido una sola vida y de lo más amarga.

-Los reyes magos han sido siempre reyes y confundieron a Herodes con Jesús, luego corrigieron el rumbo y aterrizaron en México para adorar a Teofilito. Le dieron algunos consejos:

-Muchachito precioso, no debes comer alpiste, conténtate con queso roquefort y con salchichas de cerdo, sé amigable y mudo, los reyes venideros callarán por siempre si no quieren subir al cielo a ser desdichados.

Nota de Jack

Senté al obispo convenenciero en silla de palo y lo obligué a fingirse muerto metido en otra cáscara. Los ratones son magníficos muchachos si nacen en familia decente y horribles muchachos si por el contrario les toca en mala suerte caer en barrios de mala muerte. Le coloqué en la cabeza otra de ratón en rebeldía. Si vieras, señora marquesa, que guapo se veía el dichoso malandrín de cura renegado, perseguidor y alborotador durante el siglo cuarto y quinto.

-Es hora de desilusionarte, pedazo de caca —le grité al oído-, hora de entrar en mi conciencia de roedor y cambiar las reglas del juego. Yo seré tu conciencia y tú sólo el cuerpo lleno de pus. ¿Escuchas mis palabras? La cabeza dice que sí. Falta que tus miembros se conviertan en patas eficientes para el brinco. Hablaré en ti. Mi boca a tu servicio pronunciará discursos soberanos de cariño verdadero, así que romperás tu virginidad y abandonarás el monasterio, primero lo primero y lo segundo después. Ten lista la verga para penetrar a cierta dama que perdió lo señorita en la calle, amando a marido flojo y perturbado de la mente. Los curas como tú ansiosos están de cometer pecado de la carne, pero para hacerlo bien y placenteramente necesitan esconderse bajo un disfraz. Eso ofrezco a tu cadáver, bigotes largos y cola de roedor enternecido.

-Jack, como siempre la blasfemia vive en tu garganta, qué barbaridad, ese obispo fue querido y seguido por muchos borregos de la iglesia católica, deberías mostrar respeto por su partido político. El disfraz de ratón, debo aceptarlo, le da cierta gracia y a ti también. De aquí en adelante no sabré con quién de los dos estoy hablando, si con el cadáver o contigo, amado marqués del agua colorada. Sé que el hocico del cura carece de movimiento, pero en tu presencia macabra ocurren cosas estrafalarias.

-Habló en mí y yo por él, nos fundimos en uno solo, ratoncillos ambos y enamorados hasta el tuétano. En vez de Jack o Teófilo mi nombre debía hacer sido Romeo.

-Teófilo pasó a ser Jack y viceversa.

-O los dos nos quedamos sin nombre.

-Romeo se mató por Julieta, ¿tú harás lo mismo?

-Claro que sí, beberé arsénico de tu copa y estiraré la pata cual rana.

Nota del ratón

Caí en la cuenta, mi conciencia comprendió, soñando y con viejas apetencias de comer lombrices y revolotear sobre charquitos de agua, que de ser pájaro en anterior existencia, palpando en carne propia la metempsicosis, me había transformado en un ratón pequeñín que negaba serlo, o más bien, que renegaba de su forma, suponiendo que la diosa Hemoficción había realizado una de sus bromas pesadas, conjeturando que la creadora se había equivocado al concebirme dentro de una cápsula ideal para horrendos roedores, inmerso en erróneo modelo vestido con elegancia y acostado en cuna de madera con juguetes bonitos a mi alcance y alegría maternal por el nacimiento de nene ratón que en vez de asustar era bienvenido.

-Jack, ya saliste del manicomio, lo cual indica erróneamente que tu cerebro guarda alguna clase de salud,

¿no me digas que te estás mirando como compañero mío? La rata Genoveva se ha casado con el ratón Jack? Esta vez no decapitaste al muerto sino que lo metiste en camisa de cuadrúpedo pequeño y tonto, vaya.

-Esa es la verdad, señora marquesa, de tanto pensar en ti como rata se me ha puesto en la cabeza la idea de andar en cuatro patas, pese a que mi deseo más verídico sería el de coger el vuelo y largarme lejos, mucho, hasta donde nadie me conozca. Podría cerrar con llave la casa de la vecindad y permitir que el polvo lo cubra todo, pero da tristeza dejar parado el ropero de sueños. Dios hace de las suyas, señora marquesa, de ahora en adelante ya no tendrás aspecto de roedor.

-Como pájaro partirías de la azotea hacia el mundo venidero, Jack o Teófilo. Entre las aves, eso sí, te advierto, no hay disfraces, la máscara de payaso tendrías que olvidarla y enamorarte perdidamente de mí, pero en otra forma carnal, por ejemplo convertida en gorrión o canarita.

-Naceré de nuevo, amada mía, y pondré tu retrato encima de la chimenea, te adoraré desde el comienzo hasta el fin de mis días terrenales.

-Habrá que pedirle a la diosa Hemoficción que utilice su vara de virtud y que con ella te golpee la chiluca atarugada.

Nota del ratón

La voz de mi novia comenzó a sonar desde que vi la luz primera:
-Si quieres ser pájaro debes comer alpiste y olvidar tu nombre, Jack ya no es el tuyo o lo es pero sin ser nom-

brado. Yo espero a que crezcas para que vayamos al casorio venturoso. El cura Melchor rey dará la misa la noche de reyes, aguantando las carcajadas. Haz a un lado a tu vieja madre, dale saliva y empujones, sus enseñanzas y caricias levantan ámpulas. De ahora en adelante sólo estoy yo de cuerpo entero, dos patas flacas y pocos dedos en las patas. Mi plumaje amarillo relumbra ante las estampas de la virgen colgadas en las paredes. Sudo odio, sabes, apesta en mí, sube, trepa por los muros del hogar.

-El amor pajarraquil encandila mis ojos, me ha cegado, amo hincado tu plumaje, te venero como a diosa madre de manzanas blanditas. Romeo se queda chico, digo su amor por Julieta es humo comparado a la solidez del mío.

-¿Me metiste en jaula, Jack? ¿Compraste ese horrible instrumento de tortura animal? ¿Has dado de comer alpiste al cadáver del obispo?

-La nutrición es un ángulo perverso del cosmos, los cocodrilos tienen que devorar y también leones y perros. Injusticia divina. Y lo peor es que cada bicho tiene su comida propia, eso es una aberración, de ser posible yo pediría a los santos reyes que modificaran ese absurdo y que permitieran digerir chinches a las cucarachas.

-¿Me vas a obligar a comer lombrices?

-Yo no, la diosa Hemoficción sí, ya te trae de regalo un montón de apetitosos rastreros color café.

-Prefiero las toronjas y el queso, Jack.

-Como rata claro que sí, pero no como canarita.

Nota del ratón

Creo que abrí los ojos y percibí la presencia de mis padres en regocijo. A leguas se notaba que mi arribo los llenaba de júbilo adolescente. ¿Había yo salido de la panza de la dama que me miraba con arrobo? Ya no soñaba, había brotado como flor en familia de roedores, yo mismo era un roedor de carne y sangre, hocico en su lugar, cola movible y apetito amplio.

-No grites -escuché decir a mi novia-, engáñalos, hazles pensar que recibes gustoso tu nueva cáscara. Si te has encandilado de mi guayaba, sigue pisando con firmeza hacia tu futuro y espera a que yo te coja de las orejas, espera a que yo arme un tremendo desquite. Ellos, tus padres falsos, no han pisado la cola que arrastras, piensan que vienes al mundo en pureza virginal.

-Para amar como Romeo debes ser puro, ya entiendo, tu amor primero será la pajarita con ínfulas de viudez prematura. ¿Me levantarás la falda y meterás tu verga larga en mí? Aunque ahora que lo pienso las pajaritas no llevan falda, andan encueradas enseñando.

-Seremos casados por el obispo Teófilo desdoblado. Dos seres habitan el espíritu de este desdichado, por un lado el monje y por el otro el novio arrobado. Los reyes magos supieron de esta anomalía y callaron, pensando que si iban con el chisme Dios los castigaría por andar metiendo lengua en asuntos ajenos.

-Si el obispo es dos o tres al mismo tiempo no es cosa que incumba a sus majestades —anunció la diosa Hemoficción en forma de ángel en pureza virginal.

-Señora, adoramos al mocoso santo e ignoramos la personalidad dividida de este santo que cree que vos tenéis una sola forma de animal.

Nota del ratón

No les resultó extraño a mis padres que yo hablara como nene ratón para pedir mi leche en vez de llorar como niño o piar cual ave hermosa. -Enseguida viene tu botella, la sirvienta te la está preparando, le ha disuelto chocolate y ha derramado una cucharada de miel que tu estomaguito recibirá de mil amores. Tu viaje largo del más allá debe haberte abierto las ganas de merendar. Se dice que las almas brincan de un lado para otro antes de caer en un estuche que les sea agradable. Yo no tengo memoria de haber vivido con otro cuerpo, hijo, siempre he sido la ratita que te ama.

"La rata que me quiere o me quiso iba al trabajo y cobraba sueldo, no era mi madre, sino esposa que padecía pesadillas con piojos agresivos" –pensé.

Bajo mis axilas no habían alas sino pelos oscuros. Un escalofrío me sacudió. Tocar el presente en metamorfosis incitaba a gritar, pero obedecí la voz de ella, novia del corazón, adorada santa parecida a la de los cuentos de hadas.

-Mi venganza vendrá a comer patatas, Jack, morderé tus venas azules y chuparé tu sangre. Habla con tus nuevos padres, tía Concha ratona y tío Jack roedor de alcurnia que se echa pedos arriba de las nalgas. Diles que tus ojos miran la belleza de sus bigotes y sus colas. Parecido tienen con reyes sin magia y sin capa que les permita volar.

-Soñé que venía a respirar en esta casa, padres míos, y se me hizo realidad, espero no estorbar, a lo mejor mañana me acostumbro a pisar la tierra, prometo portarme correctamente y no ser un rufián. La diosa Hemoficción metió en mi cerebro confusión, pero ya aclararé más adelante de qué carne provengo.

-De tus onirismos surges como un héroe, hijo, nosotros te invocamos y la diosa hizo el milagro. Vivíamos en soledad necesitados de tu compañía. Para ella fue fácil otorgar pasaporte a la criatura que llamamos con el corazón.

-Un monstruo no es compañía prudente, no quiero provocar pesadillas en vuestros magines dichosos hasta ahora. Siento en mi carne la presencia de mi anterior reencarnación.

-Pero si eres igualito a tus padres,

sobre todo a él, hasta en los bigotes.
-Entonces, ¿no soy feo? Dos muñecos, hembra y macho, en la juguetería donde compré los disfraces me aconsejaron jugar a la cópula embarazadora. Dos ratoncillos alegres en unión cogieron en casa y ella se infló enseguida, de verdad ansiaba un hijo y lo ha parido, aquí estoy completito y glotón.
-Qué va, horribles los murciélagos, hijo, pero no digas que somos muñecos porque tu voz provoca estatismos en nuestros cuerpos temerosos de dios. La cuerda dura un rato, años y días, horas y minutos de gusto maduro por tu arribo mortal, nos mataste de felicidad, ahora, en silencio, gritamos y lanzamos porras a los dioses, por fin vino el esperado, rey de los ratoncillos.
-Jack, ¿mataste también a otras personas? La pareja de seres que te

vieron nacer están sentadas y vestidas de ratón, inmóviles. Sus hocicos respiran abominación por tu persona, te odian y les causas terror, pero fingen que te aman, fingen que eres bienvenido a su hogar en dulzura. ¿Dónde pescaste a esos creyentes, en la iglesia de Teófilo? Iban a comulgar cuando tú les soltaste un martillazo? Veo la sangre escurriendo de sus cráneos.

-No es sangre sino refresco de grosella, señora marquesa, el refresco que se tomaron para brindar por mi nacimiento los ha rebasado en sus alegrías matutinas. El martillo no fue usado durante la misa sino después, en la madriguera del obispo remendón.

-Ahora entiendo, entraste en casa de familia y los rebanaste enteritos y luego celebraste misa en casa de ellos.

-¿Pero a qué horas metí los disfraces de ratón? ¿A ver? A qué no adivinas.

Nota del ratón

¿Qué escupió la diosa? Azúcar morena derretida en sorbos de baba, además de piloncillo para endulzar la bebida delicada y llena de promesas halagüeñas, tendría un futuro venturoso. A la Hemoficción le agrada convertir plumíferos en roedores saltarines e inconformes con relleno de creencias que se toman por sagradas, la diosa gusta de roer cráneos como si fueran manzanas y dar coces al viento y gemir como estantigua y vomitar seres marranos. Ella juega con las almas, moldeando a capricho.

En la cuna dije en silencio, dirigiéndome a la alturas:

-Si voy a vivir, como ya hago, señora poderosa, deseo ser de nuevo parido por bichos alados, demasiadas patas me causan pena, vienen a la mente ideas de castigo, soy víctima, nací con cuatro miembros caminantes en vez de dos.

La súplica a la diosa llegó tarde, mamá había dado a luz ratón guapo y soltero, amante de las nubes.

-Hijo, si vieras que el dolor del parto se desplazó de mis entrañas apenas te vi, mis tripas temblaron de contento, o sea, que vale la pena sufrir si la compensación es tan, tan enorme que ahoga. Antes de morir, tu padre y yo, íbamos al mercado a comprar comida sana que nos sabía a trapo, en cambio hoy, perecidos, brincamos de alborozo. Nada en el universo podría darnos tan gigantesca satisfacción, hijo, hijito mío, nuestro, de hoy en adelante no mandaremos mensajes negativos a la diosa, al contrario, enviaremos recados con azúcar derretida de beatitud y agradecimiento.

-Pero mamá, no soy un pajarillo gracioso, ni águila brava, tampoco paloma que viaja sobre las copas de los árboles. Mis zapatos son grandes, es decir, mis patas, y mi pancita no es precisamente agradable sino repugnante.

-En casa no esperábamos plumas, hijo, tu belleza es cuadrúpeda, qué ojos tan negros y profundos te concedió nuestra madre.

Nota de Genoveva

Entraste por la puerta del patio martillo en mano y agarraste dormida a la familia, por lo visto tres integrantes de la misma, padre, madre e hijo que en tu sano juicio confundiste con el obispo Teófilo. ¿Sólo tres muertos o también los santos reyes cayeron bajo tus garras? ¿Dónde quedaron los camellos y el buey y la mula del pesebre?

-Los reyes magos estropearon el pasto cagando encima, fíjate tú que falta de higiene, extrañaron las manos limpiadoras de culo y tuvieron que hacerlo ellos mismos con los dedos pues no había papel ni hojas sueltas en el jardín precioso del edén que precede la madriguera de Teofilito. Los camellitos se negaron a lamer el culo de los santos y pelaron gallo, nadie volvió a saber de estas criaturas cuadrúpedas.

-Los reyes deben haberse cagado pero de terror, tu provocas esas ganas estomacales nomás de verte, yo solté caca a montones.

-Pero ahora no, al revés, el que teme por su vida soy yo, me he colocado en la posición de Romeo adorador y eso es muy peligroso.

Nota del ratón

Cuando la diosa Hemoficción tiene fiebre arroja peces que fueron pulpos, caballos, asnos, ratones y aves que se comportan como dibujos hechos por pluma ociosa, seres pensantes que habitan casas con balcones y cortinas, marchan en bicicleta, rezan cantando a coro e ingieren bocadillos de pasta de membrillo y variedad de delicias cocinadas en el horno por mamá. La muerte es algo que se desliza montada en faldas transparentes, coge cuchilla y sangra sin tomar en cuenta edades ni virtudes. De su mente surgen homicidios y golpizas en casas y cantinas.

Cuando Hemoficción enferma le brotan volcanes de pus en el rostro y comienza a hablar en pesadilla y entra en antojo de metamorfosis, lombrices pasan a ser gusanos y viceversa, de ella salté en azoro y por ella me fui a pique, pero antes de sucumbir estuve tropezando e insistiendo en ser avecilla, pico al frente e instintos sabios para formar un nido pajarero. Vine al mundo con el sombrero puesto y, aunque pequeño fui durante un lapso infinito, siempre estuve pegado a la idea de trepar en un globo o volar sobre las plumas de la diosa transformada en zopilote. Ella me concedió existencia en familia bien acomodada, padre con monedas en el banco y madre dedicada a las labores domésticas. Mis bigotes dicen qué soy. Dicen qué fui. Aseguran que amé con vehemencia y que sucumbí echando espuma. El amor es magnetismo, cuerda obnubilante, a mi me golpeó antes de dirigirme a mis padres en extrañeza. Nací marcado y jodido.

-Ay, hijo, cuando venga tu quinto cumpleaños te regalaremos un triciclo para que machuques cucarachas y te estaciones delante de la mesa del comedor y juegues a ser policía de la montada. Los ratones tenemos la costumbre de meditar sobre la resurrección todos los jueves, así que tú nos acompañarás ahora que llegues a la adolescencia.

-Yo creo en la reencarnación, madre, no en la resurrección.

-Nada tiene que ver una cosa con otra hijo, una es material y la otra también, las dos tratan de carne repetida o vuelta a su lugar.

Nota de Genoveva

Como dama del amor intenso leo la historia de los santos reyes que cruzaron el desierto y que comieron alpiste por kilos con manteca de cerdo cimarrón untado en mostaza. Esos tres magos bajaron hasta mi recámara y dijeron:

-Pajarita nuestra, hada del sol, debes vengarte del canalla que te adora, ya es hora de bajarle los calzones y azotar la vara, ya es hora de pelar la piel del roedor mal encarado. Ha levantado falsos testimonios contra nosotros y contra el obispo Teófilo.

-Eso haré, adorados magos de oriente, enseñaré mi vagina al joven mirón y quedará estupidizado ante tamaña belleza. La estrella de Belén guió vuestros pasos hasta mi pesebre amarillo. Me ha sido concedido el don de marear al pendejo y después envenenarlo.

-Hazlo por tus santos padres y por ti misma, no olvides que te encerró a padecer hambre y tejido pegada a la pared en forma de rata airada. No olvides que peló tus ojos y los puso a marinarse en botellita con desinfectante.

-Antes de que desaparezcan, señoritos Melchor, Gaspar y Baltasar, una pregunta, ¿no me trajeron regalos? Soy niña buena, bien me he portado desde que perecí a manos del canalla.

-Claro que sí, dejamos en tu zapato elixir embaucador, dáselo a tu novio cuando llegue la hora, pero guárdate mucho de beberlo tú.

Nota del ratón

El ratón, yo, cualquiera, el de voz ronca o aguda, profesión carpintero o médico, entes definidos e indefinidos, viudos y casados, solteros, tiene o tuvo padres que lo vieron nacer y lo durmieron en cuna de esperanzas, progenitores que inculcaron confianza hacia los demás, palomas y perros, asnos y gallinas, pues a partir de ese sentimiento la sociedad camina en cuatro ruedas de magnitud insignificante haciendo pensar que el prójimo merece la pena.

-Mamá, quiero volar –dije siendo pequeño, en repetidas ocasiones-. Las aves son preciosas, tienen plumas de colores y ven el sol más de cerca que nosotros. Sería, eso sí, pájaro educado que no anda en el aire lanzando mojones, no, metería mi culo en excusado o bacinica y me limpiaría como los reyes magos, procurando que la peste desaparezca echando perfume.

-Cuando crezcas, hijo, puedes montar pajarita coqueta que te lleve de paseo por los cielos divinos. Soñar es un modo de hermosear la vida. Yo me la paso en Babia pensando que las moscas cambian de parecer y se bañan a diario y suspenden sus vuelos sobre cacas de animales sucios e inferiores.

-No sé qué les miras a esos animales —intervino mi padre cadáver-, tienen sólo dos patas y un pico largo y feo y no son dados a comer alimentos decentes. Yo vomito nomás de pensar que devoro una lombriz. Lo normal es almorzar embutidos frescos.

-Me fascinan sus movimientos, padre, los ángeles cuentan con pico lo mismo que algunos hombres que he visto pintados en cuadros. La religión enseña que debemos amar a todas las criaturas, perros y gatos inclusive.

-Yo no he leído nada semejante en mi Biblia, bobo, temo que hemos parido ratón sin sesos, atolondrado y adorador del aire en vez del piso. Mis lecturas se centran en los pelos de la piel. Sansón atacó a los filisteos con un pico de zancuda. Ahora que asistas al colegio entenderás la historia desde mis colmillos.

-¿Sansón fue amigo del obispo Teófilo?

-Desgraciadamente no, murió muchos años antes a causa de comer filisteos, tanta carne mala lo atragantó. Su padre postizo, engañado por ángel mete pito, le rogó infinidad de veces que se abstuviera de comer y beber veneno, pero el muchacho era rebelde y no obedeció. De ese modo puedes morir tú si no obedeces, hijo, comer bien y lo que debes es obligación cristiana. Y nada de puñetas porque irías derechito al infierno.

Nota de Genoveva

La Biblia enseña que el hombre es bueno de nacimiento y que toma caminos chuecos por propia voluntad, luego, deduzco, tú eres maldito porque así lo decidiste, no por locura, eres un ente cuerdo. Si es que cordura es disfrazar a un obispo que no es con piel de ratón ilustrado. Si es que cordura es amar a padres fenecidos por propia mano. ¿Adónde queda la madriguera de Teófilo? La colonia del crimen debe ser elegante, suena a eso, elegancia que infla tu envidia, nadie puede tener más que tú y sabes bien que todos tienen más que tú, para empezar por el nombre de abolengo y la personalidad en su lugar, cachetes en su sitio y billetes en la cartera. ¿Robaste la bolsa del padre? ¿De manera que hoy, además de homicida abyecto, te has convertido en ratero?

-Gracias por el piropo, señora marquesa, pero temo que os equivocáis, mi cordura no concuerda con la vuestra ni con la de vuestros padres frustrados, yo soy cuerdo a mi manera razonable de ser. Aunque nací a semejanza de la creadora Hemoficción mi forma no es la tuya, hablo de ensamblaje interno, en lo externo parezco hombre definido y correcto, podría ir a misa sin levantar sospechas, podría presentarme, como lo hago, delante de la dependienta de la carnicería y ser tomado por insignificante, aunque eso sí, muy guapo.

-Los ratones son feos, Jack, salvo en películas de dibujos animados. Comen queso y desperdicios, pero no son caníbales.

-Bien dicho, ahora mismo hablo por teléfono al súper y pido que me traigan kilos de salchichas y kilos de jamón y kilos de quesos variados. Podremos comer manjares a montón durante nuestra luna de miel en la cama, encerrados a piedra y lodo y haciendo el amor delante de mis progenitores tiesos y sonrientes.

-Me daría vergüenza coger enfrente de mis suegritos, a lo mejor me le antojo a tu padre perecido y anda queriendo meter su carne pútrida en la mía. Pero antes de unirnos en sagrado matrimonio tú creciste, es decir, estudiaste en colegio de curas y monjas cocineras.

Nota del ratón

Me enfrenté al director de la escuela y al maestro seguro, absolutamente, de que ambos querían guiarme por el camino respetuoso, sendero sin espinas pinchantes, sólo flores perfumadas y suspiros. Les dije que yo no era yo mismo sino otra persona con alas. Ninguno de los dos, como Teófilo y Jerónimo, creían en la reencarnación y aseguraban que dios padre tenía forma humana.

-¿De dónde sacas tamañas blasfemias, muchacho idiota? La Biblia es clara: Dios creo al hombre a imagen y semejanza, es decir que no hay transparencia en el concepto, de ahí que el hereje Orígenes haya especulado sobre el caso y metido pervertidas ideas en los magines del medioevo. Los caballos hablan como caballos y los perros como perros. En nosotros, sábelo, es natural el odio y repelo que sentimos por los gatos negros y de otros colores. ¿Estás o no conforme con tu figura?

-Quiero volar, señor profesor, ¿existe alguna fórmula alquímica que permita alzarse del piso? Tal vez la diosa Hemoficción quiera dotarme de pico y capacidad para surcar los mares desde el aire. El obispo Teófilo vivió en la tierra, pisando fuerte y eso lo condenó a ser coherente con sus ambiciones más negras. Tal vez suene ingenuo pero yo nomás deseo ser novio y esposo perfecto, cero infidelidades, cero madrazos a la novia.

-No mires tanto el cielo porque vas a caer en una zanja, baboso –presagió el rector-. El obispo Teófilo estaba seguro de que los pies de dios se hallaban en alguna parte del planeta aplanando campos y selvas. Si sigues el camino de la estupidez llegarás tan lejos como a la esquina del estanquillo más próximo a tu hogar. Dile a tus padres que no te den tanta cuerda o reventarás como ejote tierno mordido por el mismísimo Belcebú.

-Mi mamá me está haciendo una capa para brincar de azotea en azotea. Ella no considera mis antojos como delirios sino como sueños benéficos. Cree que es cuestión de tiempo y de madurez el que yo me despida del que soy ahora para convertirme en marido de ratona igual a ella. Pues yo quiero tener alas, señor profesor, me hacen falta para parrandear sobre las copas de los árboles, imitando el planear de zopilotes.

-Serás estúpido. Los zapatos dan peso, son anclas que proporcionan estabilidad al barco, las aves andan descalzas y pueden escapar de la cárcel usando sus endemoniadas alas. Bandas grandes de maleantes se juntan sobre ramas de Pinos y Ahuehuetes. Encima de nosotros planean ataques a bancos y trafican con droga.

-Entonces, ¿es pecado querer volar?

Nota de Genoveva

El alpiste ha llenado el hocico del obispo Teófilo, lo mismo su garganta y estómago. Si le sigues dando se va a empachar. Un vaso de agua sería magnífico síntoma de misericordia, Jack, si no tienes agua a mano dale al paciente vino. Convertido en pájaro, imagino, el obispo sabe ahora que se equivocó, que sus persecuciones trajeron injusticias, quemaron personas que no estaban de acuerdo con la ortodoxia cristiana, pero yo afirmo que cada quien debe ver a dios como se le de la gana.

-Es posible que Teófilo haya asimilado la lección, rata bravucona ahora convertida en pájarita cuyo nombre es Julieta, amor de los amores del ratón Jack desde recién nacido.

Nota del ratón

Leí libros pensando que decían verdades universales. Asimilé las clases impartidas por eminencias, maestros dedicados a su vocación espiritual. Los reyes magos hicieron acto de presencia en el colegio y premiaron la labor desinteresada de los profesores y alumnos. Yo continuaba clavado en lecturas que entendía a mi modo. Luego iba con el director y le decía, por ejemplo:

-Platón enseña a amar a distancia. Mis ojos tocarán a mi amada Julieta con el pétalo de la rosa y después la subiré al altar, prenderé velas y caeré hincado y en rezo. Platón dijo que los poetas eran mentirosos, pero en eso se equivoca.

-Y también aseguró que los burros rebuznan. Cuando crezcas quizás comprendas las palabras misteriosas de ese filósofo profundo como el mar y delirante como las estrellas.

-Los pájaros son bienvenidos en su república.

-Pero no los ladrones, el ochenta por ciento de las aves andan en pos de la bolsa, uno se descuida y pas, roban cartera y huyen sobre viento. En la república verdadera sólo permaneceremos los que andamos bajo ley, obedeciendo imposiciones mentecatas. Moisés es regla indispensable para llevar la fiesta en paz.

Nota de Genoveva

El matrimonio es un sacramento, Jack, si alguien pisa el altar se jode por siempre jamás, no hay modo de romper los lazos de unión de la pareja casada con la bendición de la iglesia. El divorcio no está guardado en vitrina sacra, es mal visto y reprobado por Satanás, porque él desea que las parejas de casados terminen sus vidas gozando de masoquismo y sadismo. Por eso yo te aguanté.

-Si fueses realmente católica no estarías fraguando venganza en mi contra, señora marquesa, serías una dama insincera que aboga porque las víctimas perdonen a sus ofensores. ¿Me has perdonado? Creo que no.

-De buena gana te arrancaría la lengua, Jack, y de paso te cortaría el pito. En ese sentido, tienes razón, no soy católica, en lo demás sí que lo soy, me la paso rezando y pidiendo a dios que te lleve la chingada.

-Me agrada tu franqueza, señora pajarita, te adoro cuando tiras coces y blasfemas, mis ojos se elevan y mi corazón palpita emocionado.

Nota del ratón

Cuando uno va a comprar pan el panadero marca el precio y el comprador paga creyendo en la justicia, lo mismo el carnicero pesa y dice: son cuarenta morlacos y el consumidor extiende el billete sin preguntarse si le están tomando el pelambre.

-El engaño y la traición, hijo, son infiltrados en el espíritu por diablo maldito, lo cuerdo es suponer que esa clase de individuos, los de carrera hacia el fraude son muy pocos, lo que abunda es la carroza que carga respeto a lo ajeno. Ve a tus padres en tiesura bendita, incapaces de matar una mosca. Refléjate en nosotros y dejarás de sufrir. Subir al cielo ratonil es promesa verdadera. Tu madre y yo sabemos que tú subiste y que estás sentado a la diestra de la diosa Hemoficción.

Perdón, me estoy confundiendo, quiero decir que si tu mueres antes que nosotros, irás derechito a saludar a los santos. No sé adónde tengo la cabeza, pensé que habías muerto, pero eres una criaturita bobita que apenas sabe pedir leche y pan. Si el amor te alcanza algún día que sea por persona idéntica a tu madre, mismos principios y cariño, misma falda que encubre los tobillos y blusa tapando los pechos, sobre todo los pezones.

-Entonces, padre, ¿casi nadie te toma el pelo? Si es así debo andar en confianza. Debo decir que el obispo Teófilo fue buena persona, fe profunda en Jesús y en la iglesia, cero ambición. Fue tan humilde que se atascó de alpiste.

-Verás, hambre conduce en ocasiones contadas al malabarista a querer saltar trapecio impropio, pero es muy cómodo sentarse en desvarío y tomar chocolate caliente en compañía de tíos y primos cálidos. Si en la familia se oculta asesino en serie hay que fingir indiferencia, hijo, todo está bien en la tierra, los bomberos hacen su tarea, los santos reyes compran juguetes en la misma juguetería en la que un tal Jack Tenebrous compró disfraces y maquillaje.

Nota del ratón

Yo amé a los míos, padres comunes y corrientes, durante un tiempo razonable, creo que ese sentimiento floreció en mi infancia, al lado de personas aparentemente buenas, sobre todo mamá, quien más allá de su inteligencia manifestó apego biológico y ciego por mí, pese a que yo le di frecuentes dolores de cabeza, pese a que mi rostro estaba muy lejos de alegrar al que mira.

-Madre, mis bigotes se llenan de miel, quisiera rasurarlos para ir al cine de la mano (pata) de una damita emplumada que peine trenzas y mandil.

-Tus bigotes acarician el pellejo, hijito querido, carecen de piojos y se ven lindos arriba de tu hocico salpicado de blancura quesera. Olvida tus apetencias de subir a las ramas de los árboles y pon tus pupilas en el suelo, aquí, abajo, hallarás persona parecida a mí, ya te lo dijo tu padre y recuerda que los padres siempre tienen razón aunque estén equivocados. Las cuentas del banco de papá serán tuyas si sigues los mandamientos caseros, cosa muy fácil, basta que agaches la cabezota y que digas a coro con otros feligreses Santa María, madre de dios.

Deduzco que ella me guardaba cariño serio porque a la hora de mi muerte armó un rompecabezas de acusaciones graves contra mi esposa.

-Señor juez, damas y caballeros polizontes, rastreros de la prensa, he olido a la novia y sé que ella y sólo ella ha reventado el hígado de mi nene bigotón. Ingenuo fue, sí, pero bonito. Me quiso y lo quise, su muerte rompió mi corazón. Hincada le he suplicado a la diosa Hemoficción que castigue a la pecadora. Ella es mala y vengativa, hizo volar al nene mío y luego lo descarriló, le metió en la jeta veneno pernicioso. Las esposas verdaderas como yo no envenenan al marido ni lo obligan a tragar pinole u otras substancias malignas. Las esposas verdaderas son sumisas y calladas.

-Señora, pensar mal es una costumbre que se arraiga en la sangre y que difícilmente deja la cáscara sin arrancar pedazos de piel. Señora, por favor, guarde su lengua y no blasfeme, la investigación llegará al fondo sin lastimar a otros miembros de la sociedad. Lo prometo como juez supremo, lo prometo como caballero andante, como ser iluminado y recto, tanto como el obispo Teófilo.

-Yo he comido mondongo pero no alpiste, he digerido pedazos grandes de chorizo y me he relamido y soltado agua de saliva mirando queso fresco o agusanado. Mi comida ha sido siempre la que comemos, nada más. A mí no me engaña la cabresta que de novia tiene lo que yo de china. Se le nota en el pico moquiento que gusta de mandar al otro barrio a sus maridos. Viuda negra es y será por los siglos de los siglos, amén. Si preguntan su opinión a mi esposo querido y tieso él os dirá también que mis sospechas son ciertas.

-Pero el muchacho se creía ave del paraíso, volátil persona en pos de aire. Esa locura no vais a negarla, por favor, el muerto era dado a pensar que era un ente reencarnado, que tal vez venía del oriente y que alguna vez hasta fue obispo acusador de herejes. Nos gustaría invitar, o más bien invocar la presencia de los santos reyes. Ellos confirmarán nuestras convicciones. Somos católicos y creyentes.

Nota de Genoveva

En Marte la ley es diferente, se castiga al que comete faltas a la moral y al que está en contra de los principios cristianos, se tortura al que saca la lengua para acusar a sus semejantes sin tener pruebas contundentes. El enamorado comedor de alpiste cayó por voluntad propia, se fregó solito, quería morir en brazos de su amada y pasar al cielo a contemplar la imagen bendita de su novia que llevaba prendida en el alma. ¿Quién le metió al novio la idea de haber sido pájaro en su vida anterior? Tal vez la diosa Hemoficción sopló en sus oídos. La diosa fue, porque ningún otro ser tiene ese poder enorme de convencimiento.

-Yo lo supe y lo prediqué en mis ratos libres, salí a la calle con un manto largo y blanco y estuve hablando a la muchedumbre de mi certeza absoluta. La reencarnación es verídica, tanto como el sol, tanto como la merienda con leche y campechanas o con tamales de Oaxaca. La plebe que se arremolinaba a mi alrededor asintió con movimientos fieros de cabeza y dando gritos de espanto. Mis padres en cambio no manifestaron aprobación, al contrario, mantuvieron sonrisas duras de compasión durante toda mi vida efímera y poco sociable. En las fiestas a las que asistí no había pajaritas bellas que sacar a bailar, puras ratas almendradas y recatadas.

-Romeo estaba enamorado de otra dama antes de conocer a Julieta, ¿tú no?

-Yo no tuve ojos más que para mi pajarita querida.

Nota del ratón

Pensó mamá y continúa en la creencia de que hubo mano negra en mi perecimiento prematuro y actuación deshonesta de los jueces bonitos y cuadrados. Razón tuvo. Insistió:

-Ante la virgen juro que mis hostias son honradas y que se van al fondo de mi estómago haciendo su tarea de limpieza y comunión. Esta bestia pajarita obró con saña, lo sé yo y también ustedes. Mi niño quería volar y partió volando a la tumba. De nada sirvió la capa que corté para él, de nada. Creerse pájaro no es motivo para ser asesinado.

-Él mismo se mató, sus ideas lo mataron, sus reniegos internos. Señora, por más que usted, comprensiblemente, se empeña en acusar a la dama enamorada de su hijo, más nos entra en el magín que no hubo mala leche de parte de la emplumada, al contrario, vedla como sufre la condenada, vedla como se le han hinchado los ojillos relampagueantes. Siendo juez supremo, repito, sin pruebas no es válido señalar.

Nota de Genoveva

Si jugáramos avión o matatenas veríamos con claridad la verdad que aquí se está ventilando delante de jueces serios, con oficio de carpintero y forma de conejo, ojos rojos y andar brincadito. La madre del muchacho es una mentirosa desalmada, en sus tripas lleva señales de caca y su cráneo de vacío. Se trata, evidentemente, de dama superficial con ínfulas de bondad empedernida. Sabemos todos que ella se masturba con pepinos verdes sin pelar. Sabemos todos que vende sus nalguitas en la esquina de su madriguera. Usa el retrato de Teófilo como inspiración. En época pasada habría sido quemada esta hembra maliciosa y cobarde.

Nota del ratón

Hablo con el alma y no con el hocico, si lo abriera –que es imposible- sólo haría buches de alpiste y tierra y volvería a fenecer envenenado de afección maicera y verdulera, suponiendo, estúpidamente, que la policía no equivoca nunca el camino hacia el esclarecimiento de un crimen tan obvio como el que se cometió conmigo. Estar enterrado y llamarse en secreto Teófilo no hace que el perdón baje del cielo ni que pueda entonar canto gregoriano. Las discusiones que tuve en tiempos antiguos sobre la presencia divina y su doble o triple naturaleza han quedado sepultadas en el mismo hoyo. Ya lo dije y lo repito, la diosa Hemoficción tiene el poder de formar cuerpos nuevos que olvidan lo que fueron en vidas anteriores, pero al mismo tiempo, también cuenta con ganas de bromear y en algunos casos permite que en la memoria del individuo permanezcan recuerdos de existencia anterior, como pasó conmigo, pájaro y ratón.

-El imbécil cree en los santos reyes, hijo, a ti te pasaron un huevo por la frente y lo comiste con las orejas. En vez de soñar plumas debiste bajar los ojos y aceptar los designios de la diosa Hemoficción, misteriosos e incomprensibles. ¿Te creíste Romeo? No miro por aquí el balcón del amor.

-Duró poco el festín, madre, las pezuñas de un cerdo despachurraron mis triperos. Ahora entiendo que ella fue mala, que su voz me mareó, comprendo que debí vivir hincado y golpeando mi espalda. Estoy arrepentido, madre, tarde llegó este sentimiento. Como monje abstinente habría durado otro rato en vuestro recuerdo.

-Yo te quiero, sabes, siempre adoré tu vista de pájaro.

Nota de Genoveva

El Señor dios de los ejércitos estuvo presente el día de nuestra boda, Jack, porque hubo trompadas en las puertas de la iglesia, ¿recuerdas?, un primo mío se puso bravo y estuvo pegándole a tu hermano John, le sacó el mole. El cura que nos casó nos vio tan enamorados que dijo que parecíamos pajaritos. Eso logró palpitaciones gruesas en mi corazón.

-El amor es ciego, señora marquesa, porque es parte integrante de la magia de la diosa, ella lanza flechas y los babosos caemos rendidos. Ahora no me viene a la memoria razón por la que fui a pedir tu pata, la única sería la sin razón de contraer matrimonio con la demencia fría que congela tu cerebro.

-Cogimos mucho al principio, ¿ya no te acuerdas? De esas acostadas vino el nene que luego desapareció, prietito y bonito, simpático y alegre cual castañuela.

-Ya hemos dicho hasta el cansancio que lo que parió tu panza fue un perrito que se hizo amigo de un gato que a su vez trabó amistad fraterna con ratón ingenuo, protagonista de un cuento de los hermanos Grimm. El ratón, por cierto, terminó devorado por el gato, su mejor amigo.

-Eso estoy diciendo, precisamente, Jack, te estoy acusando de haber comido la carne tiernita de nuestro querubín, hijo del alma.

-Perro no he probado más que en barbacoa, señora marquesa, y nadie metió a ningún muchacho a cocinarse bajo tierra.

-Qué horror, estás confesando que te lo comiste en tacos con salsa borracha y pulque curado de piña.

-El hijo no existió, tu panza no alcanzó a dar a luz, partió seca.

-¿Me ahorcaste estando embarazada? Eso explicaría mi idea de haber parido perro negro y feliz.

-El perro sí vivió en casa algunos años, se llamaba Jack, como yo, tú le ponías levita cuando lo sacabas a pasear. Las personas en la calle bromeaban diciendo que el caballero parecía de alcurnia como sus dueños. ¿Habla francés?

-Claro que sí, y también inglés e italiano y árabe, se ha distinguido por ser un teólogo sabio.

-Como los teólogos acaban en la hoguera entonces Jack feneció entre llamas purificadoras encendidas por la santa inquisición.

-Pero luego lo perdonaron, nuestro can fue un teólogo que al principio no se entendió pero después pasó a ser querido por la población y por la iglesia.

Nota del ratón

En familia siempre tuve miedo de ser asesinado por mi hermano menor, pues este poseía un carácter tendiente al berrinche y al rencor, pero en el fondo de su espíritu me amaba con dulzura semejante a la que siente un santo por Jesús. Lo demostró no llevando a cabo ningún atentado contra mi cuerpo. Estiró la pata siendo joven a manos de gato rabioso que lo había iniciado en la droga. Fueron compañeros durante un tiempo en que compartieron casa y comida, mi hermano guisaba salchichas y el gato cazaba ratones que no eran amigos y los traía a casa y los preparaba al modo de jamones serranos bien saladitos.

-No llores, Jesusa –dijo padre a mamá, rompiendo el pacto de amistad firmado con su vástago menor, haciendo caso omiso de la obligación de llanto ineludible que es necesario derramar en presencia de terceros chismosos- ese ciudadano no merece ni un gota de afecto, exprímete su presencia, no era digno de ser quien era, atentó contra la iglesia, sus principios inamovibles, como hijo fue cobarde, varias veces te levantó con bofetadas, déjalo que se lo lleve el viento y convéncete que no lo pariste, así engañarás a tu maternal naturaleza cundida de granos e ilusiones remojadas en alcohol de fe. Concéntrate en el que queda, bobalicón que al menos trae comida a casa y sabe distinguir entre alimentos dañinos y portadores de energía. Gracias a su ofuscación hemos comido gruyere y roquefort, salchichas gordas y otros embutidos magníficos a sus costillas.

Era verdad, yo iba al mercado y compraba kilos o gramos de materia nutritiva pensando en realizar obras virtuosas, me sentía pagado con sus sonrisas de agradecimiento y levantaba imaginariamente altares con mi imagen. Sabía digerir y cantar, pero ignoraba las ponzoñas del primer amor, verdadero y ruin, el que pega tan duro que lo empuja a uno al manicomio. El knockout fue obra del cielo, el ángel de la guardia percutió mi mandíbula y el desmayo profundizó mi obnubilación de origen. Platón diría que dios es sólo bueno, pero yo no lo creo así, o soy incapaz de penetrar el bien pensado en las alturas.

-Hijo, no le creas, es demasiado feliz, yo dudaría –dijo mamá preocu-
pada-. Cuando pía respiro vibracio-
nes de maldad. Bajo sus pestañas
se esconden proyectos macabros,
¿sabes algo de su vida anterior? Me
da la espina que ella ha enterrado a
más de seis.

-Soñé con ella, madre, he soñado
desde siempre con sus plumas. La
adoro.

-Pero no has leído en su cerebro las
ganas de fugarse. Pero no has mirado sus pensamientos sesgados. Ella
no te ama, tú sí, pero la dama no
ama a nadie, anda en busca de no
sé qué. Sabe que yo no la quiero y
se ríe de mis angustias.

Nota de Jack

Teófilo cargó un costal de mentiras que se llevó a la tumba. Cuando
subió al cielo de la mano de un can

negro y avergonzado San Pedro le negó la entrada, lo puso a esperar en una salita anterior al paraíso. Luego la diosa Hemoficción interrogó al paciente que padecía demencia de importancia. ¿Eres tú mismo el que ha subido hasta nosotros? –preguntó-. Has sido convencido origenista y convencido anti origenista. ¿Cuál de los dos está presente en este momento? El perro salió a la defensa del reo y respondió a la diosa que Teófilo era un pobre hombre crédulo que defendía una idea hasta la misma locura y que esa obsesión no era normal sino implantada por la diosa.

-Bien contestado, perro ladrón –respondió la diosa relamiéndose el hocico-, ahora pueden pasar a la fiesta de cumpleaños del Señor Jesús y gozar a sus anchas, hay tepache y pulque y carnitas para taquear. Los mariachis cantan y los asistentes al jolgorio patean la pista de baile. Adentro hallarán besándose a los enemigos más enconados, hablo de Juan de Jerusalén y de Jerónimo, este último amigo íntimo del verdadero Teófilo.

-¿Entonces yo quién soy? Mi nombre de pila es Teófilo y he perseguido a los seguidores de Orígenes.

-Tú eres sólo un ratón corajudo y borrachales que tuvo la idea de haber vivido en el pellejo del otro santo que ahora tiene la forma del perro que te acompañó en el viaje a la fiesta del cielo.

Nota del ratón

Fui enterrado sin catafalco, no hago gestos ni tramo venganzas, el desquite habría quedado bien antes de haber sido madrugado con malicia. Me expreso, repito, con el alma a falta de lengua, la cual ha comenzado a pudrirse.

-¿Y serás capaz de adorarme toda la vida? —escucho en eco la pregunta que ella repitió con sorna, dudando de mi palabra sincera.

-Absolutamente, eternamente.

-Luego los maridos buscan hoyos en la calle o vuelven al lado de sus madres.

-Yo no, juro por dios bendito que cumpliré hasta el borde de la muerte.

Respondió ella, mirándome con arrobo:

-Pienso que el amor debe ser apasionado y permanente, siempre arriba. Cualquier cucaracha de engaño enturbia el cristal, no debemos permitir que entre nosotros venga el huracán a llevarse las promesas sagradas. Tu madre no ha querido como nosotros, carece de

magín suficiente para comprender-
nos, imagina puñales en el viento
y crímenes absurdos. Yo te venero.
-Dios sopla en nuestras espaldas,
amada mía, ¿no has sentido el perfume inspirador que sueltan sus na-
rices?
-Vamos a volar.

Nota de Genoveva

El perro negro murió de pena
cuando se topó con la noticia de
que habías perecido, Jack, el pobre
animalito te quería de veras, ese sí
que parecía Romeo, ese nombre
debería haber llevado el muy tonto.
Se puso a llorar como un loco y tu-
vimos que ingresarlo al manicomio
cabezón. Ahí le cortaste la cabeza
y la colgaste del techo, pero ni así
dejó de berrear el pobre bichito.
Amor es ley, Jack, ¿entiendes? Va
más allá de la tumba, se trepa por

paredes de conventos y casas, se desliza cual serpiente en el interior de iglesias donde asisten feligreses creyentes y dudosos. Amar es demencia pura, arrebato, tortura.

-Como Romeo de digo que te he mirado desde abajo del balcón imaginario y que he quedado prendado de tu belleza deslumbrante para siempre jamás.

-¿Si fueras el perro negro y te cortara la cabeza llorarías por mi ausencia?

-Claro que sí, por supuesto.

Nota del ratón

Los ratones de ley somos individuos que caminamos en rectitud hacia sus domicilios cuando todavía estamos vivos, muertos no, aquí en la tumba, ya he comentado, no puedo mover ni un pelo, mis testículos quedaron preñados de sed ardorosa, ni siquiera pestañear, cero, pese a que la ira teje capas largas en mis entrañas, no obstante que la diosa Hemoficción me ha permitido, en mala hora, estar consciente y repasar hasta la saciedad mi estado de aturdimiento orgánico.

-Te adoro adoración –insiste ella.

-Te quiero cariño –respondo yo.

-Te amo como a mi mano.

-Y yo te venero como a mi cola.

-Volemos juntos fundidos.

Ciertas hembras pájaro tuercen el sendero marcado por la religión de sus padres o al revés, no niego que determinados roedores son desobedientes y aves hay que se apegan a los mandamientos cabalmente. No en mi caso, fui obediente hasta bufar, creí en la salsa cristiana preparada por sacerdotes tiesos.

-Mi amor, mi vida, mi cielo, debes recostarte en satisfacción, mis actos

fúnebres te obligaron a observar la ley de sumisión tierna delante de la viuda negra, mantuvieron el idilio sin desgastes hasta el mismo instante de aniquilamiento, dejando intacta la estampa primera de culto entre casados. La muerte trunca, devora, arrebata. Su crueldad es conocida y cantada por los poetas que expulsó Platón de su república.
-Pero yo era fiel, te idolatraba.
-Hasta el momento de morir sí, es verdad, ¿pero después? La decadencia llamaba a la puerta, su figura rancia deseaba amargarnos, de modo que preferí cortarla antes de que su ponzoña madurara en odio. La muralla que separa a los amantes vivos de los difuntos está construida de lamentos cariñosos, ningún temblor la tumba, ni siquiera los sacudimientos recios del homicidio. Piensa que resbalaste por las

escaleras, que algún matón abusó de ti, supón que no fui yo la que te arrancó de cuajo durante el instante sublime. Debes saber que gracias a mi decisión bravía quedó latiendo la flor frenética de la pasión ardiente y eterna.

Nota de Jack

La tía Concha, madre del ratón, endureció sus facciones cuando mi hermano John murió, se tragó un palo de escoba y clavó los ojos en la Biblia, ahí vio escrita la frase: Dios creo al hombre a imagen y semejanza. Cayó hincada llorando y mentando madres. El hijo que había perdido tenía la forma de dios, los mismos ojos chispeantes y hacía las mismas travesuras. Dios había perecido en él, de ahí las patadas tan duras que recibió su espíritu. Finalmente, la tía Concha se resignó. Ocupé el lugar del ratón muerto. El segundo pasó a ser primero.

-No, hijo, no, el ratón muerto no tiene lugar en mí, está en todas partes de mi cuerpo, comulgo con él.

-¿Y mi lugar dónde se encuentra?

-También estás dentro abarcando el total de mi carne, los dos son mi sangre y mis venas y el esqueleto que todavía me permite caminar de un lado para otro en desesperación creciente.

-¿Preferiste a John?

-Al principio sí, un poco, sus chistes me hacían volar.

-¿Fuiste su pajarita enamorada?

-Después de que él subió en sus plumas quedaste tú latiendo en mi estómago.

-¿Te produje vómito?

-No, al contrario, llenaste de alpiste mi espíritu, comí de ti y tu alimento me supo a compañía.

Nota del ratón

La delincuencia en los rumbos donde existí ha tomado cursos de verano para perfeccionar sus ya de por sí extraordinarias habilidades para el hurto y la matanza, es verdad, pero nadie tocó mi frente, ningún malhechor agredió mi cuerpo, al contrario, miembros de bandas me saludaban cuando pasaba caminando delante de cantinas o callejones. Estúpidamente creí en ti, bebí tu saliva pesada. Engullí algo que ofreciste con pésimas intensiones. Hoy lo sé. Al morir me dije: Por fortuna, la colonia Cuauhtémoc cuenta con una gran vitrina donde están guardadas bajo triple llave las tablas de Moisés. Jueces y policías llevarán a cabo pesquisas exitosas que encarcelarán a la que fue mi esposa. Mi cadáver sentirá satisfacción cuando ella sea jalada de las plumas y el verdugo le corte la cabeza.

-Mi vida, el mueble de la ley no cree en la integridad de los feligreses ciudadanos, saca a relucir sus imposiciones sólo en momentos álgidos y convenientes para gobierno y sociedad, yo fui ese mueble en relación a ti, guardé el cariño radiante en el momento de brillar al máximo y luego rebané a tiempo, puntualmente, sin compasión por inmerecida. Ojalá que hubiera habido fotógrafo inmaterial en el momento en que el cerillo incendió su furia, los gritos de placer quedarían fijos aquí y en el más allá. Enseñaría a mis nietos lo que pesa sin kilos de grasa. Vean, aprendan a querer como la araña negra, viuda que sacude cuerpos e impulsa sentimientos hondos.

Nota de Genoveva
 Los feligreses de la iglesia del Sagrado Corazón de Jesús han entonado motetes que tienden a disolver mis culpas internas, no es sencillo tragar un perecimiento por útil que parezca, por deseado que sea, por necesario y otras mil razones justificadoras. De todos modos yo siento que me pica la conciencia y amanezco con retortijones. Mi intención era matarte, eso está más claro que agua, pero, no obstante, como soy católica, vivo inmersa en aguardiente de pesar. La diosa Hemoficción prohíbe el asesinato.
-Pero marquesa del queso aguado, tú tenías motivos de sobra y sólo actuaste en defensa propia. Sabes que si yo hubiera despertado del estado en que me pusiste habría ido

en tu contra, luego, por lógica, yo te absuelvo de tus pecados y te digo que el homicidio cometido contra Teófilo o Jack, cualquiera que sea el nombre de este ser vil, ocurrió porque así tenía que ser. Los tres reyes magos, representantes, según San Agustín, de la raza blanca, amarilla y negra, te han absuelto.

-¿Pero qué le digo a mi padre, Jack? ¿Tú crees que la estupidez recalcitrante en que vivía le daría venia para el perdón? Estás equivocado si eso piensas, papá y mamá nacieron en iglesia y como tales condenan actos de cachondeo barato y muertes justas o no.

-¿La verga de tu padre entró en ti? Te pregunto porque estonces tendrías razón de haber cometido homicidio contra él, individuo grande y promiscuo.

Nota del ratón

El juez supremo en mando temporal, conejo de mirada colorada, hace uso de la balanza de la ciega con pulcritud, él determinó que no había evidencias sólidas en contra de mi canarita.

-Cero, nada, puras suposiciones inexactas que en vez de condenar exculpan a la pajarita en cuestión. Pero bueno, yo no soy el único que debe intervenir en este juicio impecable, llamaremos al señor presidente de la república y le expondremos el problema. Por lo pronto, que hable la acusada.

-Soy, me considero, me consideraron inocente porque te quise hasta el mismo instante en que partiste, eso da, como ya he dicho, calidad perdurable a nuestra unión, Teófilo o Jack, como te llames. Más allá de ese instante venturoso tú serías como otros, muchos, charros que golpean, charros que abandonan. Dios sabe que no miento. El alpiste estaba sobre la mesa porque a mí me entra hambre después del amor, pero en ningún momento pasó por mi cabeza daño contra tu persona, al contrario, yo estaba segura de que seríamos uña y mugre para siempre.

Pero me adelanto, el final no debe montarse en el principio, pese a que el valor narrativo conduzca en derechura hacia una palpable arbitrariedad en mi contra. Varios periódicos lanzaron las preguntas siguientes:

¿De qué materia está construida la vitrina que no permite que dedos ratoniles toquen las tablas sagradas, tampoco picos ni hocicos pueden babearla, nada quiebra los cristales de las puertas y conste que se han utilizado hachas y martillos? ¿La ley se cumple en el instante en que se cree místicamente en ella y cuando ese momento pasa las tablas son guardadas por ángeles y querubines? ¿Ratones y pájaros cumplen la ley o la ley se cumple en ellos durante segundos resplandecientes? ¿La obediencia quebranta el sentido mismo de la ley? ¿Las reglas del casorio terminan cuando cesa el apego de alguno de los cónyuges? ¿El amor tiene permiso de jalar el gatillo cuando el macho o la hembra lo apagan? ¿Qué crímenes ve la sociedad?

Nota de Genoveva

La ley estuvo de mi lado, brincó del armario y señaló, con énfasis rotundo, mi buen voluntad, amargando los deseos de tu madre de verme colgada o encerrada en celda de castigo. La ley siempre está del lado del oprimido o del lado del opresor, su balanza baila en pos de la verdad que afianza las creencias generales. Tú, Jack, has sido malo y yo en cambio buena a rabiar.

-Eso no voy a negarlo, tu cadáver se ha comportado siempre con decencia inaudita. Me has boleado los zapatos y cortado el cabello con maestría sin igual. Te mereces este triunfo efímero como nuestro amor. Tus padres han desfilado frente a palacio nacional gritando en contra de la pobre de mi madre ratoncita.

Nota del ratón

Don conejo togado recurre a su memoria añejada en litros de pensamientos cuando hay un caso que meter en cintura, aunque a veces, cuando el enredo es mayor, no duda en pedir consejo al presidente la república, como ya había mencionado arriba:

-Señor, una viuda pequeña y sin malicia suplica a vuestra excelencia que el ratón fenecido sea incinerado lo más pronto posible para que el olor no arruine las paredes del hogar ni las memorias bellas. Escuchad la defensa de la dama, señor nuestro:

-Mi amor, el santo no vive en éxtasis, sube por instantes a ese estado de fusión con lo divino y luego baja y, según yo, cuando pisa tierra es un ser común, insignificante. Nosotros trepamos la escalera que lleva a palpar el absoluto, pero íbamos a bajar, al igual que los beatos San Ratón Ramón y Santa Pájara Remigia y otros muchos de mayor y menor calibre. Hay que tomar el néctar de estrellas, disfrutar el tronido del cohete y después colocarse, como tú lo hiciste, en pérdida, borrón que rasga el aire como cimitarra y parte a la víctima. El culpable, vida mía, te mira en el espejo, guiña el ojo izquierdo, saca la lengua, escupe y dice adiós. Si volvieras a enamorarte el milagro te sacaría de la podredumbre, otra vez, sin ego, recibirías de mi boca saliva redentora. Tu estás muerto porque así lo quieres y lo quisiste. Señor presidente, jueces y presentes, estaba yo tan movida de los huesos que sin querer le di del alpiste que había derramado en una charolita para comer después del amor, lo veía a él, ratón idolatrado, y mi ser volaba hacia el imán de sus ojos negros, le acerqué manjar para que sus dientes poderosos trituraran, el instante era perfecto, tanto como la lluvia y los planetas, como el río que marcha en risa, arrullando, tanto, tanto, tanto como viento que azota ventanales y provoca escalofríos en feligreses hincados. Nada ni nadie en el cosmos me ha zarandeado como la presencia de este ratón de maravilla que quiso volar sobre mis plumas gallardas, nací en él, sintiendo mis alas energetizadas, así que en tal estado, mientras él comía yo me puse a piar en fuego travieso y no detuve el trino has que mi dios, él, Teófilo, se derrumbó vomitando trozos de sí mismo que lo incompletaban, luego pateó la inmovilidad de sus miembros y el apagón de su mirada. Morí con él, pensamientos fueron arrancados de mi cerebro, sin alma grité, sin mí misma avisé al hospital, enfermeros trataron de revivirlo, nada, el cuero que nos unía chicoteó mi frente y yo tambén vomité de mi cuerpo, flaca y de luto quedé, sabiendo que la tumba late al ritmo de mi corazón exprimido, el jugo de mi sangre se lo bebió el cadáver.

-Mi hijo padeció sarampión y escarlatina —interrumpió mi madre desde su postura de estatua-, con cuidados logré que volvieran chorros brillantes a sus pupilas, se levantó de una neumonía pero no del trago que esta infame pasó por su garganta enajenada, ella dice, mentirosamente, que la tumba ha abierto sus fauces para merendar su plumero negro, no es verdad, la que caerá del vuelo de ilusiones en las faldas de la parca seré yo, su madre, en el cielo lloraré y lloraré.

-Me parece —respondió el señor presidente, sacudiendo el polvo de su levita vieja-, creo, conejo blanco y puro y señores de la prensa que siempre ponen huevos de conspiración, que el difunto debe ser enterrado abrazando una cruz que indique claramente al portero San Pedro las preferencia sexuales del occiso. Murió como marido y vio la luz como macho y como macho será juzgado en el cielo por la diosa nuestra señora, creadora del universo ratonil y despiadado. La pajarita no es culpable del incendio, tampoco él, las llamas vinieron de arriba y nadie cometería el delito de sofocarlas, los segundos finales han quedado deslumbrando. La cárcel asesinaría la pureza del afecto. Si queremos vivir en paz supongamos un final de alegría cristalina que apuntale la neurosis general. Nada pasa en el mundo que perturbe. Nada ocurre que haga temblar. Alabada sea la diosa Hemoficción y los tres reyes magos Melchor, Gaspar y Baltasar.

Nota del ratón

Hay un cuento familiar muy del desagrado de ingenuos como yo. Caí en garras del amor que todo lo destruye, todo lo confunde vapuleando al individuo agarrado por cupido y disuelto en babusura. Pese a que permanezcan cinceladas las estampas primeras con promesas de abnegación en mi cerebro reventado la relación que parecía sublime explotó, en fin, el cuento vive en la boca de la diosa Hemoficción hecho de palabras en orden matemático con golpes de relojería dictando puntualidad en los acontecimientos, mismos que ocurrieron el pasado viernes trece a las doce, tronaron las campanas del reloj de catedral y las personas, dos amantes en rezo, ella y yo mismo convertido en espumarajo, pasamos de ser entes suspendidos en largo suspiro a ser personas en acción, yo siempre en rapto místico y ella en búsquedas homicidas, dimos zancada hacia el movimiento y empezamos a circular y a parlar de días venturosos por venir (se necesita la estupidez característica del enamorado Romeo para golpearse la nariz contra pared insoportable), la pareja de recién casados apenas se conocían, se habían visto con intensidad en el mercado donde compraron alimentos (Mis ojos cayeron sobre las plumas de ella y los de ella sobre mi pene en furia sin reparar en el género de manjar que ella metería en mi panza). ¿Cómo se llamaba él? Alguien sin nombre soy, Teófilo o Jack (podéis llamarme idiota) lo mismo que ella me nombra, dama de plumas y de coqueteos vibrantes, se bajó calzones apenas vio pajaritos en las pupilas del ratón amartelado y erecto como fantasma de burro. El novio, dijimos, enamorado a primera vista, sumiso ante la mirada azul de su dama de sueño, metió las cuatro patas en la iglesia convencido y estuvo comiendo queso durante la ceremonia para marcar la diferencia de alimentación entre él y ella, diferencia entre parientes y amigos de un lado y del otro, unos inclinados a la semilla nutritiva y otros a productos lácteos (sabía, bien que sabía lo que me hacía daño, pero no alcancé a comprender en el momento de ingerirlo que la muerte podía mandarme a descansar en el panteón).

Nota de la pajarita
Y otras diferencias quiso subrayar el roedor detestable enmascarado

en sabiduría y amor, distancias de apariencia y de ánima formal, espíritus con dos y cuatro patas, disparidades entre colmillos largos y cortos, garras y dedos, hocicos y picos. Las hay, las había, el espejo las cantaba a gritos lo mismo que el agua corriente del río. Luego, claro, los novios, nosotros dos, huyeron en vuelo e hicieron el amor sin fe insondable que pudiera fundirlos en andrógino. Ella, yo, había tenido un orgasmo al ver por primera vez a mi adorado y me había casado seducida y mareada, pero no una vez, varias, y en su conducta sesgada, la de la novia, no entraban consideraciones sobre el aspecto físico de su escogido, ratón con capa forrada, pues lo que yo ansiaba, orgasmos y más orgasmos, sólo ocurría durante el encuentro primero y único de entrega mortal. Antes, yo había co-

locado un letrero arriba de la jaula
nupcial que decía:
FELIZ ES QUIEN COPULA RE-
VOLOTEANDO CON FE CIEGA
EN LA FELICIDAD DURADERA

Nota de Jack

Me estoy distanciando del ratón
mocho, mi carne empieza a querer
blanquearse y a soltar pelos y bigotes, la diosa Hemoficción requiere
a mi persona que tome otra vez mi
cuerpo viejo y precioso, nariz recta,
labios finos, ojos divinos que refle-
jan el paso del firmamento. Ya no
estoy identificado con el obispo remendón e intrigante, compadre bo-
rracho de Jerónimo, ese señor absurdo que creyó en la forma única
de dios y que causó mucho revuelo
en la iglesia hace algunos minutos, pues la historia se repite tanto
como la estupidez. Lo siento, seño-

ra marquesa, pero estoy pensando en consentir que el ratón enamorado hable desde la tumba por cuenta propia, yo paso a retirarme y a pedir otra copa de ron en la cantina donde estoy por terminar las aventuras del ratón pájaro. La mesera nalgona se ha tirado un pedo en señal de término, finaliza la función ratonil y comienza otra vez la existencia pura y vigorosa de Jack Tenebrous, venerado por ángeles y querubines.

-¿Entonces, no piensas seguir muerto? Falta que yo te pique el culo con un trinche o te saque un colmillo de vampiro. Falta que mis padres escuchen el final de esta aventura de tiesura y cariño encendido. Ellos merecen conocer el final de esta historia pastosa, donde tres personas se convirtieron en roedores deprimidos. Mi venganza no ha concluido, al menos, señor marqués, permite que el relato culmine dándome la razón y volteando el huevo, al menos da permiso de que las voces de tus víctimas sigan sonando como si nada les hubiera sucedido. Si vas a permanecer embriagándote en la cantina y fantaseando con las nalgas apestosas de la mesera puedes alargar un poco tu perecimiento tan deseado. ¿Qué te cuesta? Deseo que cada vez que abras el hocico la tierra y el alpiste te ahoguen. ¿Es mucho pedir? Tu esposa lo solicita en rabia agria, carajo, si empezaste a jugar con tu defunción, concluye.

-Por mí, que el obispo Teófilo continúe hablando desde el más allá, todo fantasma ajeno a mi persona es bienvenido y respetado de este lado del mundo. Tengo un retrato del santo al pie de mi cama, al cual reto a dar el paso hacia la vida marrana, pero su impotencia fenomenal le impide siquiera suspirar en tono místico. Adelante, señor pelotillero, seguid la farsa congelada y agusanada. Vuestras entrañas tienen granos y piden limosna, necesitan tomar pulque de olvido.

-Estás presumiendo de existir, caracho, y yo no puedo jalarte las orejas más que en el cuento que marchará hasta el final. Si te portas bien te chuparé el pito llegando a casa. Apenas te bajes el pantalón cogeré tu pene y lo meteré en mi pico amable para luego darle tirones fuertes que desgarren.

-Sabes que la verga mía te extraña casi más que a la tía Concha, madre de mi hermano John, ella aumenta de tamaño cuando le hablas de saliva y de pasar tu lengua por encima de su cabeza roja. Tal vez la mesera esté dispuesta a sentarse sobre mi maguera y jugar al sube y baja.

-Tus palabras han calentado al obispo, también él desea penetrarme durante unos instantes fogosos de muerto resucitado.

Nota del ratón

La diosa Hemoficción, ahora, hoy, en mi tumba sin cruz externa, en olvido de aire, una y otra vez, reiterando y reprochando la crueldad del aprendizaje inútil porque llega tarde a cuajar en el espíritu y fracasa como advertencia, ella, la divina y prodigiosa se despliega en el cuento de rostro arrugado y reflexiones que no tocan fondo, que pasan destartaladamente encima de las horas, pronunciando narración breve emergida de su lengua marchita, aérea y gruñona y que dice a la letra:

Un ratón adulto, en plena falta de

facultades mentales, estudioso de Platón, peludo y bello, bigotes a la moda y bombín, caído en bobería religiosa, estuvo comiendo en ritual de dogma, olvidado de consejos saludables, contrariamente a su apetito natural, alpiste de la mano amiga de su canarita cantora y, obviamente, le cayó muy mal, enseguida comenzó a vomitar queso amarillo con retazos de intestino.

-¿Y qué hizo la pajarita? ¿Se hincó a rezar? Yo hubiese cogido las tijeras y te habría rebanado la lengua y otras partes de tu cuerpo entero y desleal. Deja de mirar las tetas de la mesera y atiende a mis razones. Ella no se va a acostar contigo, yo sí. ¿Qué siguió? ¿La policía ha pelado los ojos ya en el lugar y busca inútilmente agarrarte como culpable? Escuché sirenas cuando saliste huyendo, creo, las patrullas frenaron rechinando llantas y detectives activos entraron al rincón donde los tres mosqueteros, dos hombres y una mujer, habían vestido de roedores y estaban vomitando sangre y comida, todavía ya fenecidos continuaron arrojando bilis y restos de frijol y alpiste.

-Pero antes, la viuda negra llamó al doctor Sánchez, roedor de capa solemne y estudios fastidiosos, y éste nada pudo hacer, se declaró impotente, el sexo del matasanos ya no daba problemas, permanecía doblado y con ganas de mear en árbol o bacinica. Su nulidad era cosa sabida en la colonia y por eso padecía de éxito rotundo, los vecinos se quitaban sobreros a su paso lento y tedioso. Si alguien tenía un riñón malo él operaba mal y si alguien gemía por apendicitis, el doctor mencionado esgrimía su cuchillo y cortaba la panza del afectado y luego extraía tripas del fondo de la olla y las ponía a cocer con patatas y nata.

-La confianza del ratón le abrió el catafalco y le ofreció descanso alegre –pronuncio el pergamino doctoral, satisfecho de su ignorancia-. Las arrugas del mar no son curables, señores míos, señora y dama bella, madre de la flor que nos dejó. Ratón que traga alpiste en cantidades tan descomunales es que desea morir, es un modo de suicidio.

Nota de Genoveva

¿Hubo decepción en la novia asesina? Apareció como relámpago un destello de conciencia homicida, sí, antes del beso último, antes de rociar el alpiste con arsénico cariñoso. El obispo eres tú, eso dile a las nalgas de la mesera, el pedo que otra vez se ha tirado huele a ti y a sagrado.

-El ratón Teófilo tragó cucharadas de alpiste, entre caricias y picotazos, eso es verdad, se las llevó al hocico movido por su voluntad pasmada. Ambos estaban desnudos en la cama nupcial y habían lanzado gemidos envidiables.

-Se sabe que ambos quedaron clavados en cariño fiel apenas cruzaron miradas de reconocimiento.

-Te vi y caí rendido, señora marquesa. Tus ojos vertiginosos madrearon mi espiritualidad, caí redondito a tus pies descalzos y empecé a soñar con montarte, agradeciendo a la diosa Hemoficción por haberte creado a su imagen y semejanza.

-¿Se había arrepentido la pajarita de haber entregado su corazón con fervor inusitado? Claro que sí, sacó los dientes y los clavó en tu cuello y comenzó a succionar sangre hasta que te dejó más seco que estopa.

-No lo creo, no, la fe profunda en el amor había derrumbado la muralla que separa a los amigos de los amantes tiernos y capaces de besar pico y hocico. Ella no se convirtió en vampiro, como pajarraco terminó sus días. Señorita meserita, ¿podría servirme otra cuba libre por amor al cielo? Ya hace unos instantes que sorbí las últimas gotas de veneno y caí de bruces en mi tumba. Se dice que el alcohol asesina y yo digo que al revés, regresa vida a la vida.

-El globo inflado de gases que soltó esa señora mesera, no señorita, que quede claro, porque bien que coge con los clientes trasnochados, tronó bonito al final del cariño entre pajarita y ratón, pero sin dar tiempo a que el obispo Teófilo captara su equivocación, el muy baboso dio el trancazo en el piso sin conciencia de mi venganza, del odio amoroso que serví en su comida alimenticia y mortal. Murió como cerdo, entró en penumbra cual marrano embarrado de mierda. Por cierto, si miraras las pantaletas de la señora servidora de ron, el tono amarillo lograría matar tu erección adúltera. Se comporta como pájaro, suelta diarrea encima del mostrador y sobre las mesas.

-Ese veinte le cayó al ratón reencarnado una vez que comenzó a tragar tierra en su tumba. Tarde comprendió que la pajarita no lo amaba en realidad, que en realidad lo odiaba con odio jarocho. Había fingido sus éxtasis divinos, lo que indica que se los perdió. San Francisco dice que más vale amar que ser amado, pero la canarita no entendió el mensaje del santo.

-Enamorados vivieron los dos, pajarita y ratón, unos instantes pasajeros y hondos como pozo lleno de miel. Ambos sumidos en zoncera mayor, amos enloquecidos y sudorosos. Antes, claro, ella había preparado el platillo suculento que resulta favorito de las viudas negras. Señor marqués, el amor es odio, sabes, yo amanezco contenta sobando la zalea de mi desquite. Antes de que hables sobre la boda, quiero confesar que de ese amor insondable está formado mi cuerpo, pero no fui creada de ese modo, la diosa Hemoficción quiso dulzura para mí, el odio es mío, amor mío.

-El sacerdote, señora marquesa, había sonreído cuando la pareja dispar solicitó permiso de matrimonio, estuvo a punto de burlarse, a punto de sacarse el pito y orinar a los novios pretendientes. Algo olía putrefacto en las esperanzas del ratón atolondrado, su bobería todavía expulsa zumos funestos cuyo perfume patea al asno.

-Sus familiares, mamá y papá en rigidez, le habían advertido al ratón Romeo que parara las orejas, sobre todo mamá, nada bueno vendría de ese enlace fuera de las reglas establecidas por los roedores, nada, sino dolores de cabeza y posibles malversaciones de fondos y, desde luego, adulterio.

-El obispo Teófilo no tenía experiencia sexual, de modo que las delicias sentidas durante el rompimiento de su virginidad bajaron sobre sus pupilas una máscara de ceguera. ¿Qué tremendos chupetes le dio la pajarita al señor de catecismo, ratón reprimido. Si hubiera tenido tiempo habría corrido al monasterio a contar sus experiencias sobrenaturales. Hasta Jerónimo, compadre suyo, se habría hecho una puñeta a la salud de la pajarita o de la mesera nalgona cuyas chichis grandes invitan al mamado de manera loca y maternal. Si no salgo pronto de la cantina cometeré una falta que no me será perdonada por la rata Genoveva, mi esposa legítima. Pensando en el coño embarrado de la dama servidora mi pistola desea disparar, derramarse en cantidades insospechadas de leche. Más hoy no seré infiel, mañana tal vez. La rata mi señora es celosa y resentida, puede coger las agujas de tejido y clavarlas en mis pupilas excelsas.

-La necedad del creyente inclinó al roedor estulto hacia la viuda negra, de la Biblia había brincado un ángel perverso que le cerró el cacumen al novio y eso permitió a la dama negra hacer de las suyas, bien sabía la novia que los ratones comen sopas y carnes y quesos de diversas calidades y sabores, fuertes y suaves al paladar, ensaladas de papa con pollo y otras muchos platillos, pero nunca alpiste y menos embarrado de arsénico.

-El alpiste almacenado se negó a ser expulsado por más que el ratoncillo repitió las bascas, así que la canarita enviudó, tristemente se dedicó a trinar durante el sepelio con lloronas y primos y primas insensibles. Mi muerte sería llorada por falta de presencia a quien torturar, señora marquesa, mi eternidad en el crimen te permite soñar en morder, destriparme, arrancar testículos cuadrados y dárselos a comer al gato que no apareció en esta historia de amistad.

-¿Y la madre del ratón, Jack? Esa señora tiesa sí que estuvo peleando contra la corriente abrumadora. Esa sí que se mantuvo fiel al cariño. Mentó madres contra el veredicto del conejo de ley y contra el presidente. No ha entendido que la paz está encima de la vitrina de la justicia. Habiendo paz hay paciencia, y habiendo paciencia todo se resiste con resignación.

-Por supuesto que la madre del ratón cándido acusó a la dama gorgorera, pero nadie pudo probar la presencia del veneno en las entrañas del ratón, porque no hubo autopsia, el médico extendió el acta afirmando que el perecimiento había sido accidental. El cura alargó la misa después de enterrado el ratón hermoso que feneció en fe absoluta de aleteo. Hay que decir que su perecimiento es envidiable.

-La canarita absuelta y en olvido del ratón Teófilo, se mudó de ciudad en busca de otro pazguato que la hiciera gozar por lo menos unos instantes. Tú, Jack, serás otra vez ese torpe obispo de pacotilla, vendrás a mí y te llenaré el buche de comida contaminada.

-Y colorín colorado este cuento se ha terminado. Mañana seré tu víctima, de mil amores permitiré que zafes mi espina dorsal y que la guises en el horno. Mañana, hoy se acabaron las palabras como mi trago. Basta de beber, me iré a casa a paladear mis aventuras. Soñaré contigo, señora marquesa, serás un angelito bello y mansito que me soba el pito.

-No te irás antes de que te aviente tamaña maldición: Ojalá te pudras, miserable, ojalá que caigas en sartén de sortilegio, ojalá que las brujas volteen tu cáscara y la lleven al quemadero.

-Gracias, señora marquesa –digo a la mesera cuando pone la cuenta entre mis manos agradecidas-. El trago de la casa lo meteré en mi panza a sorbitos lentos, todavía tengo que cerrar cierto asunto, decir que el reloj de pared sonó cuando pisé la casa de los roedores, su voz tronó como alarma, pero los ronquidos de los habitantes todavía humanos, poco antes de reencarnar en ratones, apagaron campanadas y pisadas de mis zapatos cubiertos.

Nota de Jack

Salí de la casa marcada con el signo de la mala suerte, el hogar de los tres ratones católicos y embarazados con mi esperma. Nadie me vio ni escuchó el portazo que di entre risas calladas, la alegría embriaga.

Me quité la chamarra ensangrentada y la arrojé al piso. Con ese gesto mágico abandoné la posibilidad de tener padres ratones en inmovilidad. Adiós, madre postiza, tus sentimientos bonitos matizaron la historia. También quedaron atrás mis deseos de penetrar en el misterio de la metempsicosis. Sé que vine al mundo en molde especial. Sé que mi memoria toca otras vidas del ahora y del antes, pasado y presente en confusión de carne, alboroto de cabezas y moviendo de miembros que podrían ser patas. Tres testigos de mi paso permanecen sentados en sillas acojinadas y viejas, tres y no cuatro, porque al salir mi persona del lugar donde fui reencarnado arrastré conmigo a la que fue y es mi esposa legítima, Genoveva primera, adoración de mi alma.

www.ingramcontent.com/pod-product-compliance
Lightning Source LLC
Chambersburg PA
CBHW031735150726
47989CB00006B/2465